LE SICILIEN

COMEDIE

DE MONSIEVR

DE MOLLIERE.

A PARIS,
Chez NICOLAS PEPINGLE',
à la grand' Salle du Palais.

M. DC. LXVIII.

SVIET DE LA PIECE.

IL faut obſeruer dans la premiere Scene, qu'Hali ſe poſte deuant la porte de D. Pedre qui eſt au coſté droit du Theatre; & qu'en la Scene deuxieſme Adraſte ſort du coſté gauche precedé de deux flambeaux que portent ſes deux laquais, dont l'vn ſe met à droit du Theatre & l'autre à gauche: que l'on ne chante point dans la troiſiéme Scene, & que l'on danſe ſeulement vne entrée de Balet; ce qui fait qu'il faut la retrancher, & qu'Adraſte dit apres ces mots; I'y conſens, voyons ce que c'eſt, il laiſſe aller Hali, & puis le rapelle ainſi quand il eſt à trois ou quatre pas de luy, & luy dit, chut, ie trouue qu'il vaut mieux que l'on commence par nos Violons afin de faire plus de bruit: toy, mets-toy contre cette porte, afin que si tu entends remuer dans le logis ie fasse esteindre les flambeaux; & quand les Violons ont ioüé vn air des plus nouueaux & que l'on a dancé vne entrée, Hali vient aduertir son Maître par ces mots: Monsieur, ie viens d'ouyr quelque bruit au dedãs.

Dans la quatriesme Scene, D. Pedre sort de la porte, & s'en va reposer derriere le dos d'Adraste dans le moment qu'il appelle Hali, lequel estant prés de luy, D. Pedre se met entre eux deux, toutefois plus en arriere; & quand Hali a dit qu'il voudroit bien tenir le Sicilien pour le batre & pour se vanger de luy, il quitte Adraste, & va à taston iusqu'à la porte, & cependant Adraste continuë prés du Sicilien, comme s'il parloit à luy, & dans le moment qu'il est aduerty que la porte est ouuerte, D. Pedre y retourne, & se met au milieu d'icelle, si bien

qu'Hali

qu'Hali & luy s'estant long-temps tasté le visage & la teste, D. Pedre donne vn soufflet à Hali qui luy rend, comme il est marqué en suite de la Rodomontade du Sicilien qui appelle ses gens: Adraste tire l'espée comme pour se defendre cependant qu'Hali se cache. Dans la septiesme Scene Hali fait plusienrs reuerences tantost vers D. Pedre & tantost prés d'Isidore, & se tourne vers icelle toutes les fois qu'il dit, auec la permission de la Signore; en suite il chante le premier complet du François & ce qui suit, sçauoir l'autre jargon; & apres que l'on a dancé il dit Chiribirida tout seul, puis l'on redance encore, & poursuit, & finit à la fin l'autre couplet & le mesme Chiribirida iusqu'à ce qu'il est chassé auec ses danceurs. Dans l'onziesme Scene Adraste baise Isidore en la salüant, ce qui oblige D. Pedre à luy dire qu'ōne saluë point leurs femmes ainsi: Et quand Adraste dit, allons apportez tout, ses deux laquais apportent le chassis à peindre, & le soustient auec la palette où sont les couleurs, & des pinceaux. Il faut obseruer que le chassis est de couleur blanche, qu'il y a vn visage representant l'Actrice, lequel visage est couuert de blãc, lequel s'efface fait à fait que le pinceau touche dessus, & oste led. blãc; ce qui fait paroître que l'Acteur peint: pour les couleurs de dessus sa palete elles sont seches, & ne seruẽt que d'apparence, si bien que tout le blanc qui est sur le visage estant osté, il semble que l'Acteur l'ait peint luy-mesme. Quant à la posture où est Isidore, elle est du costé droit, le Sicilien à l'opposite du costé gauche, & Adraste au milieu qui se leue de temps en temps pour la mettre à sa fantaisie, luy découure luy-mesme le sein, ce qui choque le jaloux, qui approche son siege toutes les fois qu'Adraste se leue, il est obligé de dire à Isidore que l'on a bien

bien de la peine à la mettre : quant au moment où Hali le tire à quartier, apres qu'il a dit nous voila assez loin, il détourne la teste, & voyant Adraste prés d'Isidore, il quitte Hali pour les surprendre, mais Adraste l'apperceuant luy dit ; ie remarquois la couleur de ses yeux, au lieu de dire comme il est en la Piece, elle a les yeux bleufs : alors Adraste se r'assit, & D. Pedre rejoint Hali, & dans le momẽt qu'Hali parle à D. Pedre, & que D. Pedre demande quel est son ennemy, Adraste ayant acheué d'effacer le blanc qui couuroit le Portrait vient se remettre prés d'Isidore où D. Pedre le surprend encore quand il dit à Hali, ie vous laisse aller sans vous reconduire. Voila les remarques les plus necessaires : du reste vous suiurez le sens des Vers & les apostilles.

PERSONNAGES.

ADRASTE Gentilhomme François Amant d'Isidore.

D. PEDRE Sicilien Gardien d'Isidore.

ISIDORE Esclaue Grecque affranchie par D. Pedre.

CLIMENE autre Esclaue.

HALI Valet ou Esclaue d'Adraste.

Deux Laquais d'Adraste.

Troupe de Danceurs.

Troupe de Musiciens.

Vn Senateur

SCENE PREMIERE.

HALY ſeul.

CHut, n'auancez pas dauantage, & demeurez dans cét endroit iuſqu'à ce que ie vous appelle, il fait noir comme dans vn four, le Ciel s'eſt habillé ce ſoir en ſcaramouche, & ie ne vois pas vne eſtoille qui montre le bout de ſon nez : ſotte condition que celle d'vn eſclaue, de ne viure iamais pour ſoy, & d'eſtre toûjours tout entier aux paſſions d'vn Maiſtre, de n'eſtre reglé que par ſes humeurs, & de ſe voir reduit à faire ſes propres affaires de tous les ſoucis qu'il peut prendre : le mien me fait icy eſpouſer ſes inquietudes, & par parce qu'il eſt amoureux, il faut que nuict & iour ie n'aye aucun repos : mais voicy des flambeaux & ſans doute c'eſt luy.

SCENE II.

ADRASTE & deux laquais, HALI,

ADRASTE.
Eſt-ce toy, Hali ?

HALI.
Et qui pourroit-ce eſtre que moy à ces heures de nuict ? hors vous & moy, Monſieur, ie ne croy pas que perſonne s'aviſe de courir maintenant les ruës.

ADRASTE.
Auſſi ne croy-je pas qu'on puiſſe voir perſonne qui ſente dans ſon cœur la peine que ie ſens, car enfin ce n'eſt rien, que d'auoir à combattre l'indifference ou les rigueurs d'vne beauté qu'on ayme,

me, on a toûjours au moins le plaisir de la plainte & la liberté des soûpirs ; mais ne pouvoir trouver aucune occasion de parler à ce qu'on adore, ne pouvoir sçavoir d'vne belle si l'amour qu'inspirent ses yeux est pour luy plaire ou luy déplaire : c'est la plus fascheuse, à mon gré, de toutes les inquietudes ; & c'est où me reduit l'incommode jaloux qui veille avec tant de soucy sur ma charmante Grecque, & ne fait pas vn pas sans la traîner à ses costez.

HALI.

Mais il est en amour plusieurs façons de se parler, & il me semble à moy que vos yeux & les siens depuis prés de deux mois se sont dit bien de choses.

ADRASTE.

Il est vray qu'elle & moy souvent nous nous sommes parlé des yeux ;

yeux ; mais comment reconnoiſtre que chacun de noſtre coſté nous ayons comme il faut expliqué ce langage ; & que ſçay-je, apres tout, ſi elle entend fort bien tout ce que mes regards luy diſent ; & ſi les miens me diſent ce que ie crois par fois entendre.

HALI.

Il faut chercher quelque moyen de ſe parler d'autre maniere.

ADRASTE.

As-tu là tes Muſiciens ?

HALI.

Oüy.

ADRASTE.

Fay les approcher, ie veux iuſques au iour les faire icy chanter, & voir ſi leur Muſique n'obligera point cette belle à paroiſtre à quelque feneſtre.

HALI.

Les voicy, que chanteront-ils ?

ADRASTE.

Ce qu'ils iugeront de meilleur.

HALI.

Il faut qu'ils chantent vn Triô qu'ils me chanterent l'autre iour.

ADRASTE.

Ce n'est pas ce qu'il me faut.

HALI:

Ah! Monsieur, c'est du beau Becare.

ADRASTE.

Que diantre veux-tu dire auec ton beau Becare?

HALI.

Monsieur, ie tiens pour le Becare, vous sçavez que ie m'y connois, le Becare me charme, hors du Becare point de salut en harmonie, escoutez vn peu ce Triô.

ADRASTE.

Non, ie veux quelque chose de tendre & de passionné, quelque chose qui m'entretienne dans vne douce réverie.

HALI.

Ah ! ie voy bien, que vous estes pour le Bemol ; il y a moyen de vous contenter l'vn l'autre, il faut qu'ils vous chantent vne certaine Scene d'vne petite Comedie que ie leur ay veu essayer: ce sont des Bergers amoureux tous remplis de langueur qui sur le Bemol viennent separement faire leurs plaintes dans vn bois, puis se découvrant l'vn à l'autre la cruauté de leurs Maistresses, & là dessus vient vn Berger joyeux avec vn Becare admirable qui se mocque de leur foiblesse.

ADRASTE.

I'y consens, voyons ce que c'est.

HALI.

Voicy tout iuste vn lieu propre à seruir de Scene, & voila deux flambeaux pour esclairer la Comedie.

ADRASTE.

Place-toy contre ce logis, afin qu'au

qu'au moindre bruit que l'on fera dedans ie fasse cacher les lumieres.

SCENE III.

Chantée par trois Musiciens.

Vn Musicien.

SI du triste recit de mon inquietude
Ie trouble le repos de vostre solitude
Rochers ne soyez point fachez,
Quand vous sçaurez l'excez de mes peines secrettes
Tout rochers que vous estes
Vous en serez touchez.

Deuxiesme Musicien.

Les oyseaux réjouis dés que le iour s'avance
Recommencent leurs chants dãs ces vastes forests,

Et moy i'y recommence
Mes ſouſpirs languiſſans & mes
triſtes regrets ;
Ah ! mon cher Phileine,

Vn Muſicien.

Ah ! mon cher Tirſis,

Deux Muſiciens.

Que ie ſens de peine !

Vn Muſicien.

Que i'ay de ſoucis !

Deux Muſiciens.

Toûjours ſourde à mes vœux eſt
l'ingrate Climene.

Vn Muſicien.

Cloris n'a point pour moy de re-
gards adoucis.

Tous deux.

O loy trop inhumaine !
Amour, ſi tu ne peux les con-
traindre d'aymer,
Pourquoy leur laiſſes-tu le pou-
voir de charmer?

Trois Muſiciens.

Pauvres amans quelle erreur

D'ado

D'adorer des inhumaines,
Iamais les ames bien ſaines
Ne ſe payent de rigueur,
Et les faueurs sõt des chaines
Qui doiuent lier vn cœur.

On voit cent belles icy
Auprés de qui ie m'empreſſe,
A leur vouër ma tendreſſe
Ie mets mon plus grã̄d ſoucy;
Mais lors que l'on eſt tigreſſe
Ma foy, ie ſuis tigre auſſi.

Vn & deux Muſiciens.

Heureux helas, qui peut aymer ainſi!

HALI.

Monſieur, ie viens d'ouïr quelque bruit au dedans.

ADRASTE.

Qu'on ſe retire viſte, & qu'on eſteigne les flambeaux.

SCENE IV.

D. PEDRE, ADRASTE, HALI.

D. PEDRE.

IL y a quelque temps que i'entens chanter à ma porte, & sans doute cela ne se fait pas pour rien, il faut que dans l'obscurité ie tâche à découvrir quelles gens ce peut estre.

ADRASTE.

Hali?

HALI.

Quoy?

ADRASTE.

N'entens-tu plus rien?

HALI.

Non.

ADRASTE.

Quoy, tous nos efforts ne pourront obtenir que ie parle vn moment à cette aymable Grecque,

&

& ce jaloux maudit, ce traître de Sicilien me fermera toûjours tout accés auprés d'elle.

HALI.

Ie voudrois de bon cœur que le Diable l'eust emporté pour la fatigue qu'il nous donne, le facheux, le bourreau qu'il est: ah si nous le tenions icy, que ie prendrois de joye à venger sur son dos tous les pas inutiles que sa jalousie nous a fait faire.

ADRASTE.

Si faut-il bien pourtant trouver quelque moyen, quelque invention, quelque ruse pour attrapper nostre brutal, i'y suis trop engagé pour en avoir le dementy; & quand ie devrois employer...

HALI.

Monsieur, ie ne sçay pas ce que c'est que cela veut dire, mais la porte est ouuerte, & si vous le voulez i'entreray doucement pour pouvoir découvrir d'où cela vient.

ADRASTE.

Ouy, fay, mais ſans faire du bruit, ie ne m'eſloigne pas de toy, plût au Ciel que ce fuſt la charmante Iſidore.

D. PEDRE, donnant vn ſoufflet à Hali.

Qui valà....

HALI luy en faiſant de méme.

Amy.....

D. PEDRE.

Holà, Franciſque, Dominique, Simon, Martin, Pierre, Thomas, George, Charles, Barthelemy, allons promptement, mon eſpée, ma rondache, ma halebarde, mes piſtolets, mes mouſquetons, mes fuſils, viſte, depeſchez, allons tuë, point de cartier.

SCENE V.

ADRASTE, HALI.

ADRASTE.

IE n'entens remuer personne, Hali ? Hali ?

HALI *d'vn endroit où il s'est caché, & d'vn ton de voix à demy basse.*

Monsieur.

ADRASTE.

Où donc te caches-tu ?

HALI *toûjours de mesme.*

Les gens sont-ils sortis ?

ADRASTE.

Non, personne ne bouge.

HALI *sortant dudit endroit & dit d'vn ton de voix hardie.*

S'ils viennent ils seront frottez.

ADRASTE.

Quoy, tous nos soins seront donc

inuti

inutiles, & toûjours ce facheux jaloux se moquera de nos desseins.

HALI.

Non, le courroux du point d'honneur me prend, il ne sera pas dit, qu'on triomphe de mon adresse, ma qualité de fourbe s'indigne de tous ces obstacles, & ie pretens faire éclatter les talents que i'ay eu du Ciel.

ADRASTE.

Ie voudrois seulement que par quelque moyen, par vn billet, par quelque bouche elle fut advertie des sentimens qu'on a pour elle, & sçavoir les siens là dessus, apres on peut trouver aisement des moyens....

HALI.

Laissez-moy faire seulement, i'en essayeray tant de toutes les manieres, que quelque chose enfin nous pourra reüssir, allons, le iour paroist, ie vay chercher mes

gens,

gens, & venir attendre en ce lieu que noſtre jaloux ſorte.

SCENE VI.

D. PEDRE, ISIDORE.

ISIDORE.

IE ne ſçay pas quel plaiſir vous prenez à me réveiller ſi matin? cela s'ajuſte aſſez mal, ce me ſemble, au deſſein que vous avez pris de me faire peindre aujourd'huy, & ce n'eſt gueres pour avoir le teint frais, & les yeux brillans que de ſe lever ainſi dés la pointe du iour.

D. PEDRE.

I'ay vne affaire qui m'oblige à ſortir à l'heure qu'il eſt.

ISIDORE.

Mais l'affaire que vous avez eût bien pû ſe paſſer, ie croy, de ma preſence, & vous pouviez, ſans

vous

vous incommoder, me laiſſer goûtter les douceurs du ſommeil du matin.

D. PEDRE.

Ouy, mais ie ſuis bien aiſe de vous voir toûjours avec moy, il n'eſt pas mal de s'aſſeurer vn peu contre les ſoins des languiſſans, & cette nuit encore on eſt venu chanter ſous mes feneſtres.

ISIDORE.

Il eſt vray, la Muſique en eſtoit admirable.

D. PEDRE.

C'eſtoit pour vous que cela ſe faiſoit.

ISIDORE.

Ie le veux croire ainſi, puis que vous me le dites.

D. PEDRE.

Vous ſçavez qui eſtoit celuy qui donnoit cette ſerenade?

ISIDORE.

Non pas; mais qui que ce puiſſe eſtre ie luy ſuis obligée.

D. PE

D. PEDRE.

Obligée ?

ISIDORE.

Sãs doute, puis qu'il cherche à me divertir.

D. PEDRE.

Vous trouvez donc bon qu'on vous ayme ?

ISIDORE.

Fort bon, cela n'eſt iamais qu'obligeant.

D. PEDRE.

Et voulez du bien à tous ceux qui prennent ce ſoin ?

ISIDORE.

Aſſeurement.

D. PEDRE.

C'eſt dire fort net ſes penſées.

ISIDORE.

A quoy bon de diſſimuler, quelque mine qu'on faſſe on eſt toûjours bien aiſe d'eſtre aymée; ces hommages à nos appas ne ſont iamais pour nous déplaire : quoy qu'on en puiſſe dire, la plus grande ambition des femmes eſt, croyez-moy, d'inſpirer de l'amour, tous les ſoins qu'elles prennent ne ſont que pour cela, & l'on n'en voit point de ſi fieres qui ne s'applaudiſſe en ſon cœur des conqueſtes que font ſes yeux.

D. PEDRE.

Mais, ſi vous prenez du plaiſir à vous voir aymée, ſçavez-vous bien, moy qui vous ayme, que ie n'y en prens nullement.

ISIDORE.

Ie ne ſçay pas pourquoy cela, & ſi i'aymois quelqu'vn ie n'aurois point de plus grand plaiſir que de le voir aymé de tout le monde: y a-il rien qui marque davantage la beauté du choix que l'on fait, & n'eſt-ce pas pour s'applaudir que ce que nous aymons ſoit trouvé fort aymable.

D. PEDRE.

Chacun ayme à ſa guiſe, & ce n'eſt pas là ma methode, ie ſeray fort rauy qu'on ne vous trouve point ſi belle, & vous m'obligerez à n'affecter point tant de paroiſtre à d'autres yeux.

ISIDORE.

Quoy, jaloux de ces choſes-là?

D. PEDRE.

Ouy, jaloux de ces choſes-là; mais jaloux comme vn Tygre, & ſi voulez comme vn Diable: mon amour vous veut toute à ſoy, ſa delicateſſe s'offenſe d'vn ſoûris, d'vn regard qu'on vous peut arracher, & tous les ſoins qu'on me voit prendre ne ſont que pour fermer tout accés aux galans, & m'aſſeurer la poſſeſſion d'vn cœur dont ie ne puis ſouffrir qu'on me vole la moindre choſe.

ISIDORE.

Certes, voulez-vous que ie diſe, vous prenez vn mauvais party, & la poſſeſſion d'vn cœur eſt fort mal aſſeurée, lors qu'on pretend le retenir par force: pour moy, ie vous l'avoüe, si i'estois galand d'vne femme qui fut au pouvoir de quelqu'vn, ie mettrois toute mon estude à rẽdre ce quelqu'vn jaloux, & l'obliger à veiller nuit & iour celle que ie voudrois gaigner; c'est vn admirable moyen d'avancer ses affaires, & l'on ne tarde gueres à profiter du chagrin, & de la colere que donne à l'esprit d'vne femme, la contrainte & la seruitude.

D. PEDRE.

Si bien donc que si quelqu'vn vous en contoit, il vous trouveroit disposée à recevoir ses vœux.

ISIDORE.

Ie ne vous dis rien là-dessus, mais les femmes enfin n'ayment pas qu'on les gesne, & c'est beaucoup risquer que de leur montrer des soupçons, & de les tenir renfermées.

D. PEDRE.

Vous reconnoissez peu ce que vous

vous me devez, & il me ſemble qu'vne Eſclave que l'on a affranchie, & dont on veut faire ſa femme.....

ISIDORE.

Quelle obligation vous ay-je, ſi vous changez mon eſclavage en vn autre beaucoup lus rude, ſi vous ne me laiſſez ioüir d'aucune liberté, & me fatiguez comme l'on voit d'vne garde continuelle.

D. PEDRE.

Mais tout cela ne part que d'vn excez d'amour.

ISIDORE.

Si c'eſt voſtre façon d'ayme, ie vous prie de me haïr.

D. PEDRE.

Vous eſtes aujourd'huy dans vne humeur deſobligeante, & ie pardonne ces paroles au chagrin où vous pouuez eſtre de vous eſtre levée matin.

SCENE VII.

HALI, D. PEDRE, ISIDORE.

D. PEDRE.

TRéve aux ceremonies que vous voulez.

HALI.

Signor, avec la permiſſion de la Signore, ie vous diray, avec la permiſſion de la Signore, que ie viens vous trouver, avec la permiſſion de la Signore, pour vous prier, avec la permiſſion de la Signore, de vouloir bien avec la permiſſion de la Signore....

D. PEDRE.

Avec la permiſſion de la Signore paſſez vn peu de ce coſté.

HALI.

Signor, ie ſuis vn Virtuoſe.

D. PEDRE.

Ie n'ay rien à donner.

HALI.

Ce n'est pas ce que ie demande, mais comme ie me mesle vn peu de Musique & de dance, i'ay instruit quelques esclaues qui voudroient bien trouver vn Maistre qui se plût à ces choses, & comme ie sçay que vous estes vne personne considerable, ie voudrois vous prier de les voir & de les entendre pour les achepter, s'ils vous plaisent, ou pour leur enseigner quelqu'vn de vos amis qui voulût s'en accommoder.

ISIDORE.

C'est vne chose à voir, & cela nous divertira, faites-les nous viste venir.

HALI.

Chala bala : voicy vne chanson nouvelle qui est du temps, escoutez bien Chala bala.

Dans la Scene suivante Hali chante, & les Esclaves dansent dans les intervalles de son chant.

SCENE VIII.

HALI & quatre esclaues, ISIDORE, D. PEDRE.

HALI chante

D'Vn cœur ardent en tous lieux
Vn amant suit vne belle,
Mais d'vn jaloux odieux
La vigilence eternelle
Faitqu'il ne peut que des yeux
S'entretenir auec elle;
Est-il peine plus cruelle
Pour vn cœur biẽ amoureux?

Chiribirida ou ch alla
Starbon turca
Non auer danara
Ti voler comprara
Mi seruir à ti
Se pargar permi
Farbona auina

Mi

Mi levar matina
Farboler candara
Parlara pârlara
Ti voler comprara.

C'eſt vn ſupplice à tous coups
Sous qui cét amant expire,
Mais ſi d'vn œil vn peu doux
La belle voit ſon martyre,
Et cõſent qu'aux yeux de tous
Pour ſes attraits il ſoûpire,
Il pourroit bien-toſt ſe rire
De tous les ſoins du jaloux.

Chiribirida ou ch alla, &c.

D. PEDRE chante.

Sçavez-vous mes droles
Que cette chanſon,
Sent pour vos épaules
Les coups de baſton,
Chiribirida ou ch alla
Mi ti non comprara
Mi ti baſtonnara
Si ſi non andara
Andara andara

O ti

O ti bastonnara. *Icy ils fuyent tous.*

Oh ! Oh ! quels égrillards, allons rentrez icy, i'ay changé de pensée, & puis le temps se couvre vn peu... Ah fourbe que ie vous y trouve. *Hali paroit.*

HALI.

Et bien oüy, mon Maistre l'adore, il n'a point de plus grand desir que de luy montrer son amour, & si elle y consent, il la prendra pour femme.

D. PEDRE.

Oüy, oüy, ie la luy garde.

HALI.

Nous l'aurons malgré vous.

D. PEDRE.

Comment coquin ?

HALI.

Nous l'aurons dis-je en dépit de vos dents.

D. PEDRE.

Si ie prends....

HALI.

HALI.

Vous avez beau faire la garde, i'en ay iuré elle sera à nous.

D. PEDRE.

Laisse-moy faire, ie l'atrapperay sans courir.

HALI.

C'est nous qui vous, attraperons elle sera nostre femme, la chose est resoluë, il faut que i'y perisse ou que i'en vienne à bout.

SCENE IX.

ADRASTE, HALI.

HALI.

MOnsieur, i'ay déja fait quelque petite têtatiue, mais ie...

ADRASTE.

Ne te mets point en peine, i'ay trouué par hazard tout ce que ie voulois, & ie vay iouïr du bonheur de voir chez elle cette belle. Ie me suis rencontré chez le Peintre

tre Damon, qui m'a dit qu'aujourd'huy il alloit faire le Portrait de cette adorable personne; & comme il est depuis long temps de mes intimes amis, il a voulu seruir mes feux, & m'envoye à sa place avec vn petit mot de lettre pour me faire accepter. Tu sçais que de tout temps ie me suis plû à la peinture, & que par fois ie manie le pinceau, contre la coûtume de France, qui ne veut pas qu'vn Gentil-homme sçache rien faire, ainsi i'auray la liberté de voir cette belle à mon aise; mais ie ne doute pas que mon jaloux fascheux ne soit toûjours present, & n'empesche tous les propos que nous pourrions avoir ensemble: & pour te dire vray, i'ay par le moyen d'vne ieune esclave vn stratageme pour tirer cette belle Grecque des mains de son jaloux, si ie pouvois obtenir d'elle d'elle qu'elle y pût consentir.

HALI.

Laissez-moy faire, ie veux vous faire vn peu de iour à la pouvoir entretenir, il ne sera pas dit que ie ne sois de rien dans cette affaire là: quand allez-vous?

ADRASTE.

Tout de ce pas, & i'ay déja preparé toutes choses.

HALI.

Ie vay de mon costé me preparer aussi.

ADRASTE.

Ie ne veux point perdre de temps, hola il me tarde que ie ne goûte le plaisir de la voir.

SCENE X.

D. PEDRE, ADRASTE.

D. PEDRE.

QVe cherchez-vous, Cavalier, dans cette maison?

ADRASTE.

I'y cherche le Seigneur D. Pedre.

D. PEDRE.

Vous l'avez devant vous.

ADRASTE.

Il prendra la peine, s'il luy plaist, de lire cette lettre.

D. PEDRE lit.

Ie vous envoye au lieu de moy pour le portrait que vous sçavez, ce Gentil-homme François, qui comme curieux d'obliger les hõnestes gens, a bien voulu prendre ce soin sur la proposition que ie luy en ay faite ; il est sans contredit, le premier homme du monde pour ces sortes d'ouvrages, & i'ay crû que ie ne vous pouvois rendre vn service plus agreable, que de vous l'envoyer dans le dessein que vous avez d'avoir vn portrait achevé de la personne que vous aymez : gardez-vous bien sur tout de luy parler

ler d'aucune recompense, car c'est vn homme qui s'en offenceroit, & qui ne fait les choses que pour la gloire & la reputation. Seigneur François, c'est vne grãde grace que vous me voulez faire, & ie vous suis fort obligé.

ADRASTE.

Toute mon ambition est de rendre seruice aux gens de Nom & de merite.

D. PEDRE.

Ie vay faire venir la personne dont il s'agist.

SCENE XI.

ISIDORE, D. PEDRE, ADRASTE, & ses deux laquais.

D. PEDRE.

VOicy vn Gẽtil-homme que Damon nous envoye qui se veut bien donner la peine de vous peindre. Holà, Seigneur François, cette façon de saluër n'est point d'vsage en ce païs.

ADRASTE.

C'est la maniere de France.

D. PEDRE.

La maniere de france est bonne pour vos femmes, mais pour les nostres elle est vn peu trop familiere.

ISIDORE.

Ie reçois cét honneur avec beaucoup de joye, l'avanture me surprend fort, & pour dire le vray, ie ne m'attendois pas d'avoir vn Peintre si illustre.

ADRASTE.

Il n'y a personne, sans doute, qui ne tint à beaucoup de gloire de toucher vn tel ouvrage, ie n'ay pas grande habilité; mais le sujet icy n'en fournit que trop de luy-mesme, & il y a moyen de faire quelque chose de beau sur vn

Ori

Original fait comme celuy-là.

ISIDORE.

L'Original est peu de chose, mais l'adresse du Peintre en sçaura couvrir les deffauts.

ADRASTE.

Le Peintre n'y en voit aucun, & tout ce qu'il souhaitte est d'en pouvoir representer les graces aux yeux de tout le monde aussi grandes qu'il les peut voir.

ISIDORE.

Si vostre pinceau flatte autant que vostre langue, vous allez me faire vn portrait qui ne me ressemblera pas.

ADRASTE.

Le Ciel qui fit l'Original nous oste le moyen d'en faire vn portrait qui puisse flatter.

ISIDORE.

Le Ciel quoy que vous en disiez ne...

D. PEDRE.

Finissons cela, de grace, & songeons au Portrait.

ADRASTE.

Allons, apportez tout.

ISIDORE.

Où voulez-vous que ie me place?

ADRASTE.

Icy, voicy le lieu le plus avantageux, & qui reçoit le mieux les veuës favorables de la lumiere que nous cherchons.

ISIDORE.

Suis-je bien ainsi?

ADRASTE.

Oüy, levez-vous vn peu, s'il vous plaist, vn peu plus de ce costé-là, le corps tourné ainsi, la teste vn peu levée afin que la beauté du col puisse paroistre, cecy vn peu plus découvert, bon là, vn peu davantage, encore tant soit peu.

D. PEDRE.

Il y a bien de la peine à vous mettre, ne sçauriez-vous vous tenir comme il faut.

ISIDORE.

Ce sont icy des choses toutes

neuves pour moy, & c'eſt à Monſieur à me mettre de la façon qu'il veut.

ADRASTE.

Voila qui va le mieux du monde, & vous-vous tenez à merveilles, comme cela, s'il vous plaiſt, le tout dépend de l'actitude qu'õ dõne aux perſonnes qu'on peint.

D. PEDRE.

Fort bien.

ADRASTE.

Vn peu plus de coſté, vos yeux toûjours tournez vers moy, ie vous prie, vos regards attachez aux miens.

ISIDORE.

Ie ne ſuis pas comme ces femmes qui veulent en ſe faiſant peindre des portraits qui ne ſont point elles, & ne ſont point ſatisfaites du Peintre s'il ne les fait toûjours plus belles que le iour; il faudroit pour les contenter ne faire qu'vn portrait pour toutes, car toutes demandent les meſmes choſes ; vn teint tout de lys & de roſes, vn nez bien fait, vne petite bouche & de grands yeux vifs bien fendus, & ſur tout le viſage pas plus gros que le poing. l'euſſent-elles vn pied de large, pour moy ie vous demande vn portrait qui ſoit moy, & qui n'oblige point à demander qui c'eſt.

ADRASTE.

Il ſeroit malaiſé qu'on demandaſt cela du voſtre, & vous avez des traits à qui fort peu d'autres reſſemblent, qu'ils ont de douceur & de charmes, & qu'on court de riſque à les peindre.

D. PEDRE.

Le nez me ſemble vn peu trop gros.

ADRASTE.

I'ay leu ie ne ſçay où qu'Apelle peignit autrefois vne Maiſtreſſe d'Alexandre d'vne merveilleuſe

beauté,

beauté, & qu'il en deuint la peignant si éperduëment amoureux qu'il fut prest d'en perdre la vie; de sorte qu'Alexandre par generosité luy en ceda l'objet de ses vœux : ie pourrois faire icy ce qu'Apelle fit autrefois; mais vous ne feriez pas peut-estre ce que fit Alexandre.

D. PEDRE.

Ma foy non.

ISIDORE.

Tout cela sent la Nation, & toûjours Messieurs les François ont vn fonds de galanterie qui se répand par tout.

ADRASTE.

On ne se trompe guere à ces sortes de choses, & vous auez l'esprit trop éclairé pour ne pas voir de quelle source partent les choses qu'on vous dit : Oüy, quand Alexandre seroit icy, & que ce seroit vostre Amant, ie ne pourrois

rois m'empeſcher de vous dire, que ie n'ay rien veu de ſi beau que ce que ie vois maintenant, & que...

D. PEDRE.

Seigneur François, vous ne devriez pas, ce meſemble parler, cela vous deſtourne de voſtre ouvrage.

ADRASTE.

Ah point du tout, i'ay toûjours de coûtume de parler quãd ie peins, & il eſt beſoin dans ces choſes d'vn peu de converſation pour reveiller l'eſprit & tenir les viſages dans la gayeté neceſſaire aux perſonnes que l'on veut peindre.

SCENE XII.

HALI veſtu en Eſpagnol, D. PEDRE, ADRASTE, ISIDORE.

D. PEDRE.

QVe veut cét homme là ? & qui laiſſe monter les gens ſans

ſans nous en venir advertir?

HALI.

I'entre icy librement, mais entre Cavaliers telle liberté eſt permiſe Seigneur, ſuisje connu de vous?

D. PEDRE.

Non Seigneur.

HALI.

Ie ſuis D. Gilles d'Avalos, & l'Hiſtoire d'Eſpagne vous doit avoir inſtruit de mon merite.

D. PEDRE.

Souhaittez-vous quelque choſe de moy?

HALI.

Oüy, vn conſeil ſur vn fait d'honneur; ie ſçay qu'en ces matieres il eſt malaiſé de trouver vn Cavalier plus conſommé que vous, mais ie vous demande, de grace, que nous nous tirions à l'écart.

D. PEDRE.

Nous voila aſſez loin.

ADRASTE.

Elle a les yeux bleus.

HALI.

Seigneur, i'ay receu vn ſoufflet vous ſçavez ce qu'eſt vn ſoufflet lors qu'il eſt donné à main ouverte ſur le beau milieu de la joüe : i'ay ce ſoufflet fort ſur le cœur, & ie ſuis dans l'incertitude ſi pour me vanger de l'affront ie dois me battre avec mon homme ou bien le faire aſſaſſiner.

D. PEDRE.

Aſſaſſiner c'eſt le plus court chemin, quel eſt voſtre ennemy?

HALI.

Pendant qu' Adraſte parle à Iſidore, D. Pedre & Hali parlent bas, & font de geſtes de perſonnes agiteess

Parlons bas s'il vous plaiſt.

ADRASTE.

Oüy, charmante Iſidore, mes regards vous le diſent depuis plus de deux mois, & vous les avez entendus, ie vous ayme plus que tout ce qu'on peut aymer, & ie n'ay point d'autre penſée, d'autre but, d'autre paſſion que d'eſtre à vous toute ma vie.

Is i

ISIDORE.

Ie ne ſçay ſi vous dites vray, mais vous perſuadez.

ADRASTE.

Mais vous perſuade-je iuſqu'à vous inſpirer quelque peu de bonté pour moy.

ISIDORE.

Ie ne crains que d'en trop avoir.

ADRASTE.

En aurez-vous aſſez pour conſentir, belle Iſidore, au deſſein que ie vous ay dit.

ISIDORE.

Ie ne puis encor vous le dire.

ADRASTE.

Qu'attendez-vous pour cela ?

ISIDORE.

A me reſoudre.

ADRASTE.

Ah, quand on aime bien on ſe reſoud bien-toſt.

ISIDORE.

Et bien, allez, oüy, i'y conſens.

ADRASTE.

Mais conſentez-vous, dites-moy, que ce ſoit dés ce momẽt méme.

ISIDORE.

Lors que l'on eſt vne fois reſolu ſur la choſe, s'arreſte-t'on ſur le temps.

D. PEDRE.

Voila mon ſentiment, & ie vous baiſe les mains.

HALI s'en allant.

Seigneur, quand vous aurez receu quelque ſoufflet, ie ſuis homme auſſi de conſeil, & ie pourray vous rendre la pareille.

D. PEDRE.

Ie vous laiſſe aller ſans vous reconduire, mais entre Cavaliers cette liberté eſt permiſe.

ADRASTE, *à Iſidore.*

Non, il n'eſt rien qui puiſſe effacer de mon cœur les tendres témoignages.... *appercevant D. Pedre*, Ie regardois ce petit trou qu'elle a au coſté du menton, & ie croyois

yois d'abord que ce fust vne tache... *à Isidore*. Mais c'est assez pour aujourd'huy, nous finirons vne autre fois. *à D. Pedre*. Non, ne regardez rien encor, faites serrer cela ie vous prie. *à Isidore*. Et ie vous coniure, de ne vous relacher point, & de garder vn esprit gay pour le dessein que i'ay d'achever nostre ouvrage.

ISIDORE.

Ie conserueray pour cela toute la gayeté qu'il faut.

SCENE XIII.

D. PEDRE, ISIDORE.

ISIDORE.

QV'en dites-vous, ce Gentil-homme me paroist le plus civil du monde, & l'on doit demeurer d'accord que les François ont quelque chose en eux de poli, de galãd, que n'ont point les autres nations.

D. PEDRE.

Ouy, mais ils ont cela de mauvais qu'ils s'émancipent vn peu trop, & s'attachent en érourdis à conter des fleurettes à tout ce qu'ils rencontrent.

ISIDORE.

C'est qu'ils sçavent qu'on plaist aux Dames par ces choses.

D. PEDRE.

Oüy, mais s'ils plaisent aux Dames, ils déplaisent fort aux Messieurs, & l'on est point bien aise de voir sur sa moustache cajoler hardiment sa femme ou sa Maistresse.

ISIDORE.

Ce qu'ils en fôt n'est que par jeu.

SCENE XIV.

CLIMENE, D. PEDRE, ISIDORE.

CLIMENE.

AH Seigneur Cavalier, sauvez-moy, s'il vous plaist des mains

mains d'vn mary furieux dont ie ſuis pourſuivie, ſa jalouſie eſt incroyable, & paſſe dans ſes mouvemens tout ce qu'on peut imaginer,& va iuſques à vouloir que ie ſois toûjours voilée, & pour m'avoir trouvée le viſage vn peu découvert, il a mis l'eſpée à la main, & m'a reduite à me jetter chez vous pour vous demander voſtre apuy contre ſon iniuſtice; mais ie le voy paroiſtre, de grace, Seigneur Caualier, ſauuez-moy de ſa fureur.

D. PEDRE.

Entrez là dedans avec elle, & n'apprehendez rien.

SCENE XV.

ADRASTE, D. PEDRE.

D. PEDRE.

HE quoy, Seigneur, c'eſt vous ant de jalouſie pour vn

François, ie pensois qu'il n'y eut que nous qui en fussions capables.

ADRASTE.

Les François excellent toûjours dans toutes les choses qu'ils font, & quand nous nous meslons d'estre jaloux, nous le sommes vingt fois plus qu'vn Sicilien ; l'infame croit avoir trouvé chez vous vn assuré refuge, mais vous estes trop raisonnable pour blâmer mõ ressentiment, laissez-moy, ie vous prie la traiter comme elle merite.

D. PEDRE.

Ah, de grace arrestez, l'offense est trop petite pour vn courroux si grand.

ADRASTE.

La grandeur de l'offence n'est pas dans l'importance des choses que l'on fait, elle est à transgresser les ordres qu'on nous donne, & sur de pareilles matieres, ce qui n'est qu'vne bagatelle devient fort criminel lors qu'il est deffendu.

D. PE

D. PEDRE.

De la façon qu'elle a parlé, tout ce qu'elle en a fait a esté sans dessein, & ie vous prie enfin de vous remettre bien ensemble.

ADRASTE.

Et quoy, vous prenez son party, vous qui estes si delicat sur ces sortes de choses,

D. PEDRE.

Oüy, ie prends son party, & si vous voulez m'obliger, vous oublierez vostre colere, & vous vous reconcilierez tous deux, c'est vne grace que ie vous demande, & ie la receuray cõme vn essay de l'amitié que ie veux qui soit entre nous.

ADRASTE.

Il ne m'est pas permis, à ces conditions, de vous rien refuser, ie feray ce que vous voudrez.

SCENE XVI.

CLIMENE, ADRASTE, D. PEDRE.

D. PEDRE *à Climene à part dans une allée du Theatre.*

HOla, venez, vous n'avez qu'à me ſuivre, & i'ay fait voſtre paix, vous ne pouviez iamais mieux tõber que chez moy.

CLIMENE.

Ie vous ſuis obligée plus qu'on ne ſçauroit croire, mais ie m'en vay prendre mon Voile, ie n'ay garde ſans luy de paroiſtre à ſes yeux.

D. PEDRE *réjoignant Adraſte.*

La voicy qui s'en va venir, & ſon ame, ie vous aſſeure, a paru toute réjoüye lors que ie luy ay dit que i'avois racommodé tout.

SCENE XVII.

ISIDORE ſous le voile de Climene, ADRASTE, D. PEDRE.

D. PEDRE, *Prenant Iſidore par la main & parlant à Adraſte.*

PVis que vous avez bien voulu me donner voſtre reſſentiment, trouvez-bon qu'en ce lieu ie vous fasse toucher dans la main l'vn de l'autre, & que tous deux ie vous coniure de vivre pour l'amour de moy dans vne parfaite vnion.

ADRASTE.

Oüy, ie vous le promets, que pour l'amour de vous, ie m'en vay auec elle vivre le mieux du monde.

D. PEDRE.

Vous m'obligerez sensiblement, & i'en garderay la memoire.

ADRASTE, s'en allant avec Isidore.

Ie vous donne ma parole, Seigneur D. Pedre, qu'à vostre consideration ie m'en vay la traiter du mieux qu'il me sera possible.

D. PEDRE.

C'est trop de grace que vous me faites, il est bon de pacifier & d'adoucir toûjours les choses; hola Isidore, venez.

SCE

SCENE XVIII.

CLIMENE, D. PEDRE.

D. PEDRE.

COmmét, que veut dire cela?

CLIMENE.

C'est que cela veut dire qu'vn jaloux est vn monstre haï de tout le monde, & qu'il n'y a personne qui ne soit rauy de luy nuire, n'y eut-il point d'autre interest, que toutes les serrures & les verroux du monde ne retiennent point les personnes, & que c'est le cœur qu'il faut arrester par douceur & par complaisance, qu'Isidore est entre les mains du Cavalier qu'elle aime, & que vous estes pris pour dupe.

D. PEDRE.

D. Pedre souffrira cette iniure mortelle, non, non, i'ay trop de cœur, & ie vay demander l'appuy de la iustice pour pousser le perfide à bout, c'est icy le logis d'vn Senateur, hola....

SCENE XIX.

LE SENATEVR, D. PEDRE.

LE SENATEVR.

SErviteur, Seigneur D. Pedre, que vous venez à propos.

D. PEDRE.

Ie viens me plaindre à vous d'vn affront qu'on m'a fait.

LE SENATEVR.

I'ay fait vne, mascarade la plus belle du monde.

D. PEDRE.

Vn traître de François m'a ioüé vne piece.

LE SENATEVR.

Vous n'avez dans vostre vie iamais rien veu de si beau.

D. PEDRE.

Il m'a enlevé vne fille que i'avois affranchie.

LE SENATEVR.

Ce sont gens vestus en Maures qui dancent admirablement.

D. PEDRE.

Vous voyez si c'est vne iniure qui se doive souffrir.

LE SENATEVR.

Les habits merveilleux, & qui sont fait exprés.

Dom.

D. PEDRE.

Ie vous demande l'appuy de la iustice contre cette action.

LE SENATEVR.

Ie veux que vous voyez cela, on la va repeter pour en donner le diuertissement au peuple.

D. PEDRE.

Comment, de quoy parlez-vous là ?

LE SENATEVR.

Ie parle de ma mascarade.

D. PEDRE.

Ie vous parle de mon affaire.

LE SENATEVR.

Ie ne veux point aujourd'huy d'autres affaires que de plaisirs, allons Messieurs, venez, voyons si cela ira bien.

D. PEDRE.

La peste soit du foû auec sa mascarade.

LE SENATEVR.

Diantre soit le facheux auecque son affaire.

SCENE XX. & derniere.

PLusieurs Maures font vne dance entr'eux par où finit la Comedie.

FIN.

www.ingramcontent.com/pod-product-compliance
Ingram Content Group UK Ltd.
Pitfield, Milton Keynes, MK11 3LW, UK
UKHW031954260826
14628UKWH00005B/2046

9 782013 076784